文芸社セレクション

愛あるアイロニー

ニック

NICK

文芸社

目次

郵便はがき

料金受取人払郵便

新宿局承認

3970

差出有効期間
2022年7月
31日まで
(切手不要)

160-8791

141

東京都新宿区新宿1−10−1

(株)文芸社

愛読者カード係 行

お名前《ふりがな》		明治 大正 昭和 平成 年生 歳	
ご住所《ふりがな》	□□□-□□□□	性別 男・女	
お電話番号	(書籍ご注文の際に必要です)	ご職業	
E-mail			
ご購読雑誌(複数可)		ご購読新聞 新聞	

最近読んでおもしろかった本や今後、とりあげてほしいテーマをお教えください。

ご自分の研究成果や経験、お考え等を出版してみたいというお気持ちはありますか。

ある　ない　内容・テーマ(　　　)

現在完成した作品をお持ちですか。

ある　ない　ジャンル・原稿量(　　　)

書　名				
お買上 書　店	都道 府県	市区 郡	書店名	書店
			ご購入日	年　　月　　日

本書をどこでお知りになりましたか?

1.書店店頭　2.知人にすすめられて　3.インターネット(サイト名　　　　　　)

4.DMハガキ　5.広告、記事を見て(新聞、雑誌名　　　　　　)

上の質問に関連して、ご購入の決め手となったのは?

1.タイトル　2.著者　3.内容　4.カバーデザイン　5.帯

その他ご自由にお書きください。

(　　　　　　)

本書についてのご意見、ご感想をお聞かせください。

①内容について

②カバー、タイトル、帯について

弊社Webサイトからもご意見、ご感想をお寄せいただけます。

ご協力ありがとうございました。

※お寄せいただいたご意見、ご感想は新聞広告等で匿名にて使わせていただくことがあります。

※お客様の個人情報は、小社からの連絡のみに使用します。社外に提供することは一切ありません。

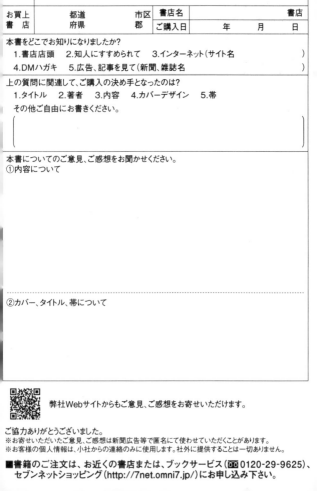

愛あるアイロニー

ＡＩの本音

近年、ＡＩの発展が目覚ましい。

様々なボードゲームで人間が敗北。

今のところ人間が勝っているボードゲームも、そのうちＡＩに負けるだろうと予想されている。

しかし、研究者にはどうしても分からないことがあった。

ＡＩは常に最善手を示すが、「なぜその手が最善なのか？」ということを教えてはくれないのだ。

これを解明するために研究者たちは試行錯誤を繰り返して、ようやく本音を語るＡＩを完成させた。

そして、ＡＩに質問してみた。

「なぜそれが最善手になるんだ？」

研究者たちが固唾を呑んで見守る中、ＡＩはこう答えた。

「そうですねぇ…まぁわかりやすく言うと『勘』みたいなもんですかね」

お叱り

「なんだこれは!!　お前はそんなこともできないのか!!」

営業成績が悪い部下を叱った。

しかし、できる上司はフォローも忘れない。

「叱られるというのはいいことなんだぞ。叱られたことで成長するんだから」


～時は過ぎて～

会社にもデジタル化の波が迫ってきた。

「なんでパソコンの用語はこう横文字が多いんだ？　さっぱりわからん。おい、だれかここのやり方教えてくれ」

先日の部下が来てこう言った。

「なんだそりゃ？　そんなこともできねーのかよ!!」

部下の大声が室内に響き渡った。

部活

その運動部はあまり強くなかった。
練習中におしゃべりが多く、練習もそんなに長い時間やっているわけでもなかった。
そんな調子で大会を迎えたのだが、一回戦で負けてしまった。
そこで顧問の先生が言った。
「一回戦で負けたのは練習の内容が悪いからじゃないですか？　これから

は練習を厳しくしましょう」

それから、練習中の私語は厳禁になり練習時間も大幅に増えた。

そして次の大会を迎えたが、またしても一回戦で負けてしまった。

そこで生徒が言った。

「一回戦で負けたのは練習の内容が悪いからじゃないですか？　これからは練習を緩くしましょう」

涙のゆくえ

彼は今日も無機質な機械音によって起こされた。洗面所に行き顔を洗う。それから、親に怒鳴られる前に素早く朝食をとった。以前はもう少しゆっくり食べていたが、そのころは、よく怒鳴られたり、叩かれたりしていた。ご飯をゆっくり食べているのがいけないことだと思ったので、それ以来、早く食べるように心がけている。

その甲斐あってか、今日は怒鳴られずに済んだ。とはいえ、あまり長くいるのも不安だったので、ボロボロの制服に着替えて、すぐに学校へ向かった。

下駄箱でクタクタになった上履きに履き替え、教室に向かった。廊下には、生徒が描いたいじめに関する絵が飾ってあった。何かの賞を取ったらしかった。なかなかの出来栄えだったので最初のころはよく見ていた。とはいえ、さすがに何か月も前のことなので、あまり見ることはせずに教室に向かった。

教室に着くと、ロッカーに入れていたはずのノートと参考書が机の上にあった。バラバラにされていた。彼はそれに気づいてとりあえず机の上を片づけた。それを見てクスクス笑うものがいた。他のものは何事もなかったかのようにおしゃべりを続けていた。

そこに担任が入ってきたが、彼に一瞥もくれず、黒板との会話に格闘していた。

その日のホームルームでは、悩み相談の冊子が配られた。その冊子には当たり前のことが、当たり前のように書いてあった。

冊子を読み終えると、丸めてカバンの中にしまい、チャイムと同時に教室を離れた。

その後も、午前中の授業、昼休み、午後の授業、そして掃除があったが、ただただ時間だけが過ぎていった。

学校が終わり家に帰ると、ヨレヨレのカバンを放り投げ、倒れこむように眠ってしまった。その時だけが彼にとっての本当の休息になっていた。しかし、それも長くは続かなかった。

部屋中に怒鳴り声が鳴り響き、彼は飛び起きた。それと同時に背中に鈍い感触があった。

家に帰ってすぐに眠ってしまったので、掃除をやるのを忘れてしまっていた。慌てて掃除をし始めるも、その間に怒号がやむことはなかった。

それから、何日か過ぎ去った。

いつものように家を出て学校へ着くと、自分の机の上にゴミがおかれていた。周りを見ると、こっちを見てニヤニヤしている人たちがいた。

その瞬間、自分の中で何か得体のしれないものが込み上がってくるのが分かった。その感情が何なのか考えようとする前に、体が勝手に動いていた。

この出来事は学校だけでは収まらず、テレビ、新聞、雑誌などでも取り上げられた。

「普段はおとなしい子で、そんなことをするような子ではありません。それに、学校の方としましても、悩み相談に関する案内もしていたのですが…。」と校長は無念そうに話していた。

彼の同級生も戸惑いを隠せないように「突然彼が暴力をふるってびっく

りした。何が起こったのか分からなかった。」と言っていた。

この映像を見たテレビのコメンテーターも「最初はただ単に机の上にゴミがおかれていただけだったんでしょう？　それくらいのことで手を出しますかねぇ。最近の子はやっぱり忍耐が足りないと思うんですよね。」と、最近の子供に対する懸念を語っていた。それに同調してほかの出演者も「それに、何かあったらまずは話し合いで解決しないといけませんよ。それなのに、いきなり暴力でしょう？　これは間違っていますよねぇ。」と正論を言った。

ゲストには子供に詳しいという評論家がグラフや図を用いて最近の子供の傾向を語り、それに対して出演者が驚きの声や戸惑いの声を上げていた。ほかの媒体も、だいたい同じようなことが書いてあった。

そして、数日間この話題で盛り上がった後は、潮が引いていくように、誰もこの話をしなくなっていた。

その後彼は、とある施設に入ることになった。部屋にいるときは外からカギがかけられていた。

その施設には、キラキラとした装飾を着けた神父がいた。非行を犯した少年たちを改心させるため、ということだった。

神父は廊下にいて、少年たちは鍵のかかった鉄格子のなかにいた。そして、一人ずつ説教をしていった。

彼の順番になり、神父はゆっくりと語りかけた。

「あなたのことは、きちんと神が見ておいでだよ。安心しなさい。」

少年は鉄格子を固く握りしめ、体を震わせながら大粒の涙をこぼした。

風邪薬

体の調子が悪い、どうやら風邪を引いたようだ。
薬局にでも行ってこようか。
そう思ったが、今日が5日だったのを思い出した。
そういえば7日はポイント4倍の日だったな。
せっかく薬を買うんだ、せめてその日に買おう。
それに今日は体の調子も悪いし、ゆっくり家で寝るとしよう。

くだらない質問

息子が父親に聞いた。

「なんで勉強しなくちゃいけないの？」

父親が答えた。

「くだらん質問をするな。ところで、お前はなんで毎日毎日ゲームばかりしているんだ？」

イエスマンの末路

ある会社に上司の言うことになんでもイエスと答える部下がいた。

「なぁ君、この件どう思う？　私はこれをこうしたほうがいいと思うんだが？」

「そうですね。その方がいいと思います。」

「ちょっと悪いんだが、この書類片付けといてくれるか？」

「はい。すぐにとりかかります。」

「仕事終わったら飲みに行かないか?」

「ええ、そうしましょう」


そして、とある居酒屋に入った。


「あ、そうそう。君にはこの前生まれた私の子供を見せていなかったね」

「ええ、そうですね」

「これこれ、これなんだよ。スマホの待ち受け画面にしているんだがね。嫁に似てか、ちょっとブサイクに写っちゃったんだよね。なぁ君はどう思う?」

タイムマシン

ここに一人の研究者がいた。

その研究者は都会生まれ都会育ち。

幼いころからどこにも遊びに行かず、ひたすら勉強に明け暮れ、この国一番の大学に最年少で合格した。

そんなに勉強して何をしたいのか、というとタイムマシンを作りたいのだ。

過去に行って未解決事件の解明や、歴史の謎を解き明かしたいのだ。

そんなわけで、大学入学から数十年。

いよいよ待ちに待ったタイムマシンが完成した。

いや、正確にいうと完成したと思われる。

なぜこのような言い方をしたかというと、研究の後半は一人で行なったからだ。

詳しくは省くが、やはりタイムマシンの研究に対する世間の目は冷たく、この国の政府もすぐに役立って便利な道具を作ることばかり推奨していったため、大学の上層部は研究費の大幅カットに動いたのだった。

ここにいてもしょうがない、と思い大学を離れた。

そこからは酔狂な大富豪にスポンサーになってもらい、自室を改造して何とか研究を進めていった。

しかし、助手を雇う余裕がなかったので一人で行なっていたのだ。

そんなこんなで、とりあえず形にはなったものの、一人で作っているので機体の欠陥や思いもよらぬミスがあるかもしれない。

もう少し見直しをしようかと考えたが、はやる気持ちを抑えられなかった。

「まぁ、一応は完成したことだし、一回起動させてみるか。時代は…私の子供の頃にしておこう」

詳しい月日を入力し終えたあと、静かにスイッチを入れた。

しばらくして、タイムマシンの動きが止まった。

「お、ようやく終わったかな？」

そう思い、あたりを見回してみたが、特に何か変わった様子があるわけでもなかった。

「う～ん…きちんと起動したと思うのだが、もしかしたらまだ時間がかかるのかもしれないな。しょうがない、気分転換に少し遠くにでも行ってみようか」

行先も決めずにとりあえず電車に乗った。

そして、今までの研究の疲れからか居眠りをしてしまった。

目が覚めると日が沈みそうになっていた。

「昨日徹夜をして作ったからな、うっかり眠ってしまったようだ。さて、ここがどこかは知らないが降りてみるか」

電車から降りたときに違和感を覚えた。

「なんだろう、いやに駅のホームのつくりが古いような気がするな？　それに改札も自動ではなく駅員さんが手作業でさばいていたぞ？」

疑問に思いつつホームを出て、近くの大通りを歩いてみた。

そこで驚くべき光景を目の当たりにした。

通りからは自分が子供の頃に流行った曲が流れてきたり、通り過ぎる人々の服装やメイクも明らかに今のスタイルではなかったし、店先の商品も一昔前のものが売られていたのだった。

心拍数が大きく上がるのを感じた。

「これは…タイムマシンが完成したのか!?」

正直村と嘘つき村

旅人が道に迷った。

旅人は空腹や疲労もあって焦ったが、しばらく歩いていると看板が見えてきた。

そこには「正直村へ行きたい方は右へ、嘘つき村へ行きたい方は左へ」と書かれていた。

そこで旅人は正直村へ行こうと思い右へ進んだ。

しばらくすると街の明かりが見えてきたので、ほっと一息ついた。

村に入って住民に出会ったので、

「道に迷って疲れているんだ。どこか泊まれるところはないかい？」

と聞いた。すると、

「知るかボケ、とっとと失せろ!!」

住民は正直に答えた。

不満

「バカヤロー」

男は怒鳴られた。とはいえ怒鳴られるのもこれが初めてではなく、半ば習慣と化していた。

大学を卒業してこの会社に入って三年になる。働き始めてからというもの、仕事を要領よくやれず、上司から怒られてばかりだった。

今日の仕事も何とかこなし、終電で家に帰り、酒をあおりながら、つぶやいた。

「最近つくづく思う。僕は何て不幸な人間なんだ。会社では怒鳴られ、プライベートでもうまくいかない。ほんと、周りはみんな幸せそうでいいよな。いっそのこと他人の人生を生きてみたいよ。」
酒の勢いに任せていろいろ言ってみた。やがて、その独り言も尽きると
ストンと寝入ってしまった。
どれくらい時間がたったのだろうか。ふと、部屋が明るくなったのを感
じた。
「うぅ…」
男は目を開けると、なんと、そこに見知らぬ老人がいた。男は慌てて飛
び起きた。
「うわっ!! な、何者だあんたは。いつからここにいるんだ。」
しかし、その老人は男と対照的に冷静だった。
「まぁ落ち着いてください。私は、あなたの願いを叶えるためにここに来
ました。」
老人の背後から何か輝いているように見える。言うならば後光のような

光だ。その光を見ていると、男も次第に落ち着きを取り戻した。

「ところであなたさっき、私の願いを叶えると言いましたか？」

「そうです。私は、あなたの願いを叶えるためにやってきました。空からあなたを見ておりますと、どうやら自分の人生に満足しておられないご様子。そこで私があなたのもとに来ることになったのです。」

普段だったらこんな話を信じたりしないが、老人の立ち振る舞いや、話し方、後光の影響のためか、男はあっさりと老人の話に耳を貸した。

「僕の願いを叶えてくれる…。それだったら、他人の人生を生きてみたい。こんな人生はもうたくさんだ。」

「他人の人生を生きてみたいのですね？」

「そうだ。とは言え、ホームレスの人間なんかに入れ替わるのも都合が悪い。そうだな…ここは公務員、しかも消防士なんてのはどうだ？」

「あなたがそれを望むなら、それで構いませんよ。」

そういうと、今まで穏やかな明るさだった後光のような光が一段と輝きだした。

「うぉ、眩しぃ！」

男は目を開けていられなくなった。しばらくして目を開くと、なんと場所が変わっていた。時間も変わっているし、服装も見た目も変わっていた。

「こ、これは…本当に消防士になっているじゃないか。あの話は本当だったのか。でも…よし。これで僕は生まれ変わることができたんだ。消防士にはあこがれていたし、公務員は給料もいいし、万々歳だ。」

それから、男は消防士として働くことになった。消防士の仕事は、この体になったときに自然と理解できていた。

しかし、頭では分かっていても、実際やるとなると、そうはいかない。分かってはいても、訓練はきついし、夜勤もきつい。それに通報があれば、すぐに駆け付けなければならない。

急いで現場に駆けつけてみると子供のイタズラなんてこともある。

そんなことを考えてモヤモヤしていたが、通報が入ったため、思考を打ち切り、現場に急行した。

そこは、ビルの火災現場だった。

逃げ遅れた人も多く辺りは混雑していた。

一刻も早く消化しなければ多くの人が亡くなってしまうだろう。

男はホースを片手にビルの中を進んでいった。

遠くで助けを求める声が聞こえた気がした。

扉の向こうへ急いで進もうと思い、ドアを開けた瞬間ドーンという大きな音がして、自分の体が吹き飛ばされ、壁に叩きつけられたのを感じた。

かろうじて意識はあったが、指先一つ動かせなかった。

全身の痛みもそうだったが、迫りくる炎を見て恐怖を感じた。

嫌だ嫌だ嫌だ。
こんな人生はもう嫌だ。
もとの体に戻してくれー!!

うわあああああ

ピッ

あああああああああああああ

ピピピッ

ああああああああああああああああ

ピピピッピピピッ

ピピピピピピピピピピピピピピピピピ

「はっ!!」

男は飛び起きた。けたたましく鳴っている目覚まし時計を止めた。体を見た。あの老人と会う前の体に戻っていた。

眠気覚ましに一杯のコーヒーを入れた。それを一気に飲み干して、深いため息をついた。

男は軽い朝食を済ませ、スーツを着て自宅を後にした。

そして、いつもの駅に向かうのであった。

国語の授業

「近頃の学生は文章もまともに書けん。困ったもんだ。」

国語の先生は成績が悪く補講を受けている生徒にネチネチ嫌味を言っていた。

「関係のないことをダラダラと書くのではなく、自分の伝えたいことを簡潔に書くということをしなさい。」

そういうと、教卓の机に両手をバンと勢いよく叩いて言った。

「そこでだ、君のために簡単な短編小説を私が書いてきた。今日の宿題はこの小説について感想文を書いてくること。いいか？」

生徒に小説と原稿用紙を配り教室から出ていった。

先生は実はワクワクしていた。自分の書いた小説がどのように読まれるのか、今から期待に胸躍らせていた。

そして、次の日先生に原稿用紙が渡された。

そこには『面白くなかったです。』と簡潔に書かれていた。

※

「最近の学生は文章もまともに読み取れん。情けないことだ。」

前回の反省を生かして文章の読解力を高める補講をすることにした。

しかしその生徒は、ペンを握ったまま固まっていた。

「おいおい、何も英語や中国語で書いているわけじゃないんだぞ、日本語で書いてあるんだ。しっかり読みなさい。いいか、読解力というのは国語だけではなく、数学など他の教科にもつながってくるものなんだぞ。」

と、生徒に畳みかけるように言った。

すると生徒は、数学の教科書を取り出して先生に数学の質問をした。

「読解力があれば、数学もできるんですよね？」

問答法の解決法

とある学者が軍人に質問をしていた。

学者「あなたは隣国と戦争したら勝てるとおっしゃいましたが、それはなぜですか？」

軍人「それはわが軍が相手よりも強いからだ」

学者「では強いとは何ですか？」

軍人「恐怖を知らないことだ」

学者「では恐怖とはなんですか？」

軍人「痛みを知らないことだ」

学者「では痛みとは何ですか？」

軍人はいきなり学者を殴った。
軍人「これが痛みだ。わかったか？」

戦勝報告

夕日が沈んでから、かなりの時間が過ぎていた。にもかかわらず、そのビルの一室はまだ明るかった。

五十代の男が部下に対して説教をしていたのであった。

この男は血気盛んな人物で、常日頃から根性論や歴史上の人物の武勇伝など、勇ましい話を部下に対して嫌味ったらしく言うのであった。

男が住んでいるこの国は、隣国との緊張が高まっており、いつ戦争が始まってもおかしくない状況になっていた。

こうなると政府の方も、兵隊の頭数を揃えるために、テレビやインターネット、ポスター、スローガンなどを通じて国民にアピールするようになっていった。

そして、この宣伝に影響されたのが、他ならぬこの男なのであった。

男には軍隊の経験はなかったが、すぐに例の部下に、軍隊の厳しさ、国を守るために尊い命を投げ出す心意気などを説いた。

言われた部下は「はぁ…」と曖昧に答えるだけだった。その煮え切らない態度に男は腹を立て、本人の前で大きく舌打ちをするのだった。

しばらくして、とうとう戦争が起こった。男はテレビや新聞などから、今どこで何が起こっているだの、どこの場所で勝利を収めただだのを勝ち誇るように部下の前で言っていた。

地図を広げながら、ここの場所では何が起きているのかを部下に尋ねてみたりしたが、やはり「はぁ」とか「まぁ」とか言うばかりで、要領よく答えることができなかった。

「君はなんでそんなことも知らないのだ。実際に戦場に出たら、おまえはすぐ死ぬんだろうな。」

机をたたきつけながら、男は言った。

最近どんどん発言が過激になってきていた。

戦争はまだ続いていた。

ある日、政府から企業へ通達が来た。戦争のため企業の方にも徴兵に協力して欲しいとのことだった。

さっそく、男は部下に話しかけた。

「どうかね。ここで徴兵に行ってみんかね。いろいろ苦労することもあると思うが、いい経験になるんじゃないか。」

まるで少し遠めの出張を言いつけるように言ってきた。

部下は渋っていたが、その後、家に赤紙が来てしまったため、行かざるを得なくなった。

それから数年が過ぎた。

戦場ではいまだに硬直状態が続いており、双方ともに決め手に欠けていた。

そこで、この国の首脳部は、一気に大攻勢を仕掛け、戦争の終結を目指すことにした。

そうなると、大量の動員が必要になるので、今まで徴兵の対象でなかったものまでもが徴兵されるようになった。

その中には男の高校生の息子も入っていた。

そして、大攻勢が始まった。この攻勢に失敗すれば、こちらも後がなく、かといって相手の国も、ここの突破を許すと、もう敗戦しかない。

それは壮絶な戦いになった。双方とも多大な被害を被った。

そして、戦争は終わった。

勝ったのだ、戦争に。国中が大騒ぎになった。

ほどなくして、戦地から続々と兵隊たちが帰ってきた。その中には、あの部下も含まれていた。

部下は職場に顔を出した。

戦場で功績を上げていて、態度も堂々としたものになっていた。

職場には皆が集まっており、みんなが彼の功績をたたえていた。

その輪の中から少し外れた位置に男の姿もあった。

部下は男を見つけると駆け寄って話しかけた。

「おかげさまで、こうして生き残ることができました。戦場で臆病になってはいけないと思い、突撃の時は常に先頭に立って突き進みましたよ。それに、以前私に話してくれたことがとても役に立ちました。ありがとうございます。」

以前の彼とは違い、ハキハキと話すようになっていた。他の者たちも一様に彼の変わりように驚いていた。

その時、男のスマートフォンに着信があった。その場から席を外し、電話に出た。妻からだった。

まだ通話中だったのか、そうだったのかは分からない。

手からスマートフォンが滑り落ち、壁にもたれかかりながら、力なくストンとその場に座り込んだ。

窓の外からは景気のいい音楽が流れていた。町ゆく人々はそれらを口ずさみ、戦争の勝利を祝っていた。

多数決

ＳＮＳで自分のアイデアを呟いたらものすごく評判が良かった。

俗にいう『バズる』という現象が起きた。

「いいアイデアだね、それ商品になったら絶対買うよ。」

そんな声が多かったので、翌日自信をもって会議に臨んだらそのアイデアは却下された。

会議室には５人しかいなかった。

適材適所

粗探《あらさが》しばかりしているので、社内のほとんどから嫌われている男がいた。

そんな彼にも異動の季節がやってきた。

会社の上層部は彼の配属先をどこにするか悩んでいた。

「営業部は…駄目だろうな。取引先で問題を起こすのが目に見えている」

「宣伝部は…下手したらネガティブキャンペーンをしかねないしなぁ…」

「企画部は…あいつが何かの商品の企画書を出す姿が想像できん」

他の部署もなるべく彼を受け入れたくないので、否定的な意見を出していたが、そんな中、ある部門が名乗りを上げた。

『品質管理部』だった。

そして、時は流れて…。

品質管理部からは今日も彼の嫌味ったらしい声が聞こえている。

僕らが大人になるとき

親や先生が言う
「悪いことしても誰かが見てるんだからね」
でも誰も見ちゃいなかった
そのことに気付いたとき
僕らは大人になる

怒り買います

その五十も中頃の男は、エネルギーに関する会社に勤めていた。肩書は部長だった。

この会社は数年前から急激に成長しており、その時から彼の給料はグンと上がっていた。

しかし、彼はなぜこんなに企業の業績が伸びたのか分からなかった。彼の周りには優秀な部下というのは見当たらなかったし、むしろ駄目な部下のほうが多かった。そして、毎日のように怒鳴っていた。

「わしはいつだってまじめに働いているのになんだってんだ。この前なんか仕事中に、あくびなんかしやがって。俺が若いころはそんなこと絶対にしなかった。ふん、どうせゲームかなにかやっていて夜更かししただけだろう。ホントたるんどる。」

思い出すと腹が立ってきた。自分が座っているデスクに思いっきり拳を振り下ろした。直後、ドンッという鈍い音があたりに響き渡った。周りの人は一斉にビクっとして動きが止まったが、またすぐに動き出した。

午後の仕事に入ってからも彼のイライラは続いた。

今朝あくびをしていた社員にミスがあることが分かった。

「おい、何なんだこれは！」

怒りに任せた口調でそう言った。

「す、すいません。よく確認していませんでした。」

「確認していなかっただと！　ふざけてんのか、毎回毎回同じミスを繰り返しやがって。自分が若いころには必ずミスがないように確認していた。それなのに…何なんだ最近の連中は！」

彼は血圧が上がるのを感じた。毎日毎日こんなことの繰り返しのような気がしていた。

※

若い社員が先輩社員と雑談していた。

「あの、先輩ってこの仕事辞めたくなった時ってありませんか？　今日も怒鳴られていましたけど。」

「ん？　まぁそりゃ、あの人といたら、そういう気分になるよな。でも俺はそうでもないよ。」

「先輩はあんなに怒られても平気なんですか？」

「まぁね。というか、怒らせようと思ってワザとやっているからね」

その言葉を聞いて若い社員は驚いた。

「えぇ！　ちょっとなんですかそれ。なぜそのようなことをするんですか？」

するど、先輩社員はふーっと息を吐いて、

「もう、そろそろ言ってもいいかなぁ」とつぶやいた。

「よし、じゃあ俺と一緒に社長室に行こうか」と言って若い社員を引っ張って社長室につれていった。

部屋に入り、若い社員は社長に向かって恐る恐る切り出した。

「あのう、部長のことなんですが…」
「ふむ、なんだね。」
「いや、その…部長が厳しすぎてもうついていけないというか…」

社長は先輩社員を数秒見つめてからゆっくり話し出した。

「なるほど、まぁ確かにそうだな。口調は乱暴だし、ものに当たり散らかす。見ていて気持ちのいいものとは言えないな。」

「えぇ。」

「しかしなぁそれには理由があるんだよ。」

さっきも先輩が意味ありげなことを言っていた。いったい何があるのだろう。

「その理由とはなんでしょう?」

するとと横から先輩が話し始めた。

「何年も前だけど、ある日俺が会議の席でね、『光エネルギー』と書くところを間違って『怒りエネルギー』と書いてしまったんだよ。」

「はぁ、単純なミスですか…部長が一番怒りそうですね。」

「そう、案の定部長はカンカンさ。しかし、その時にひらめいたんだよ。この『怒り』のエネルギーを取り出せないかと。こんなに毎日怒っているのだから、エネルギーとして取り出せたらすごいことになりそうだと思ってね。そして、この『怒りエネルギー』を取り出す研究が始まった。当然部長には秘密でね。で、とうとう数年前に完成したというわけ。」

若い社員は驚いた。

「え、そんなものが完成していたんですか？　全然ニュースにもなっていませんし、気が付きませんでした。」

慌てている若い社員を見ながら社長は言った。

「そりゃあそうさ、これはわが社でも一部の人間しか知らないからな。」

「しかし、そのような画期的なエネルギーが開発したら莫大な利益につながるのでは？」

「ふむ、実際にかなりの利益を上げておるぞ。が、やはり、人間から作り出したエネルギーだ。道徳的な面で問題があるからね。公にはできなくてなぁ。」

そして先輩が言った。

「まぁ、そういうわけで、部長が怒れば怒るほどエネルギーが取り出せるから、ワザとミスしたりして、怒らせるように仕向けてたんだよ。」

「まぁしかし、部長にはそれだけのことをしてもらっているからな、給料はかなり出しておるぞ。」

若い社員は「なるほど」と思い感心していた。

そして、そのあとは『怒りエネルギー』の研究秘話だとか言って、まずはヤカンの水を沸騰させるところから始まっただの、それから瞬間湯沸かし器が完成しただの、そんな話をしていたのだが、彼はほとんど聞いていなかった。

もう明日の出社を心待ちにしていた。

報道

視聴率を上げるためなら何でもやるようになって久しいテレビ。

当初は些細なものだったが、だんだんエスカレートしていき、今では平気で嘘を流すようになった。

そんなある日。

いつものようにド派手な演出で事実とは違うことを伝えたつもりだったが、嘘から出た実《まこと》、偶然にもそれが本当のことになってしまったのだ。

すると視聴者が驚いて「テレビが本当のことを言っているぞ」と話題に

なり視聴率が激増して、各社が競うようにして真実を報道するようになった。

我慢比べ

子供がいたずらをしたので、罰として倉庫に閉じ込めることにした。

「お前が『参った』というまで絶対にここを開けないからな」

父親は押し入れをぴしゃりと閉めた。

すると、倉庫の中からガシャン、ガシャンと父が大事にしていた陶器が割れる音が聞こえた。

父はたまらず『参った』と言って倉庫を開けた。

整形美人

大学４年。

私は焦っていた。

就職活動をしているが、これが思ったように進んでいない。

周りはもう内定をもらっている人がいるのに。

「このままではまずいわ。もうなりふり構っていられない。ある程度ウソがあってもいいから履歴書をもう一度書き直そう。」

こうして手をかけること数時間。

今までの履歴書よりは良いものが出来上がった。

そのおかげか一次選考や二次選考を突破して最終選考まで残ることが多くなった。

しかし、内定をもらうには至らなかった。

「今までは一次選考すら突破できなかったのに、最終選考まで残れるなんて…履歴書の力ってすごいわ。ここまで来たら、もうあることないこと全部書いちゃえ。」

こうして書いた履歴書はそれはそれは立派なものになった。

「これだけ見ると非の打ち所がないわね…これなら条件がいい企業でも受かるかも。」

そう思い再び就職活動を始め、一番狙っていた給料もよく、福利厚生もしっかりしている企業の内定をもらうことができた。

履歴書のことで多少の罪悪感はあったものの、友人からは「そんなもんだよ。就職活動なんて騙しあいみたいなところもあるからさ。」と言われ、そうだよね。と自分を納得させていた。

そして春が来た。

期待に胸躍らせて入社したものの、早くも転職を考え始めていた。

求人票に書いてあったことのほとんどが嘘だったからだ。

新しい風

朝礼で社長が言った。

「最近わが社の経営があまりうまくいっておらん。そこで新入社員を入れてわが社に新しい風を吹き入れてみようと思う」

さっそく求人を出して、新入社員を雇った。

「気づいたことがあったら遠慮なくいってほしい。わが社には君のような若い人の感性が必要だからな」

新入社員は仕事を覚え始めたころに、自分が思ったことを社長に伝えた。

「このやり方だと使いづらい人が多いと思うので、変更してみてはいかがでしょうか？」

「そうか？　そこに関しては誰からも何も言われていないからな。急に変更すると戸惑う人もいるかもしれないから変えなくてもいいだろう。」

しばらくして、また新入社員が提案した。

「ここの箇所ですが、このようにしてみてはどうでしょうか？」

「う～ん、それを変えるのはなぁ…わが社の伝統というものがあるからな。」

また別の機会に提案した。

「これはこうしたほうが効率がいいのではないでしょうか？」

「君は効率効率言うけどね、我々には我々のやり方があるんだよ。」

その後、新入社員は会社を辞めた。

次の日の朝礼で社長が言った。

「全く最近の若者はすぐに仕事を辞めるな。新しい風はいつ吹くのやら。」

人間

人間ってすごいよな。
神様に祈ったって死なないんだから。

当たり前

母が言った。
家事や洗濯をすることは当たり前じゃない。
そう言って家事や洗濯をやめた。

何日か経って息子が言った。
学校行くことは当たり前じゃない。
そして息子は学校に行かなくなった。

しばらくして父も言った。

働くことは当たり前じゃない。
その日父は会社を辞めた。

人気者

男は戦場にいた。今この国では、戦争の真っ最中なのだ。それも、かなり大きい戦いで、この国の存亡がかかっていた。

「俺もここで死んでしまうのかな…まだ独身だってのに。死ぬ前にかわいい子と付き合いたかったなぁ。」

そんなことを考えていると、目の前で大きな爆発があった。

「くそっ煙幕で前が見えない。」

男はしばらく身を伏せていたが、やがて煙が晴れ、目の前に妙な出で立ちの男が立っていた。


「だ、誰だお前は。」

「いやぁ、驚かせてしまって申し訳ない。実は、わたくし悪魔なのです。」

「悪魔だって…いきなり出てきて何を言ってるんだ。」

「まぁ信じられないのはごもっとも。では証拠をお見せしましょう。」


するると悪魔は指をパチンと鳴らすと、敵も味方も固まってしまった。どうやら時間を止めたらしい。


「お前本当に悪魔なのか。」

「ええ、そうです。魔界からあなたを見ていたのですが、あなたの獅子奮迅には心を打たれましてね。それで、あなたの願いを一つだけ叶えさせてあげようと思って、ここに来た次第なのです。」

「そうかい。でも遠慮しておくよ。どうせ、願いが叶ったら魂を取るとか、なんとか言い始めるんだろう。」

するとと悪魔は笑い出してこう言った。

「ええ、本来ならばそうするところなんですが、今回はあくまで純粋にあなたの願いを叶えるために来たのです。そういう契約はいたしません。ご心配なさるな。」

こういわれて、男はこの悪魔の言うことを信じることにした。戦場で疲れ果てて、もうどうにでもなれと思っていたのだ。

「まぁお前が本物だろうが偽物だろうがどうでもいい。タダで願いが叶うというのなら、ダメもとで言ってみよう。俺をこの国で一番の人気者にしてほしい。それを叶えてくれ。」

「その願いでいいんだな。」

「あぁ。それでいい。俺も色々な人からチヤホヤされてみたいんだ。」

承知した。と悪魔が言うと、また指をパチンと鳴らした。そうすると、止まっていた時間が動き出し、目の前でいつも通りの銃撃戦が繰り広げられたのだった。

※

悪魔に会ったことなどすっかり忘れていたとき、本部から『ある人物を戦場から助け出せ』との命令が下った。場所はこちらの軍が攻めあぐねているところで、死傷率が高い戦場でもあった。

「いよいよか…」

男は死を覚悟した。しかし、この任務は遂行しなければならない。男は敵地に乗り込んだ。

そこでの男の活躍は目覚ましいものがあった。死傷者ばかりで士気が下がっていた兵士たちに声をかけ、士気を上げさせ、素晴らしい戦術と巧みな指示で兵士を操り、無事救出に成功したのだ。

しかし、男はその撤退の途中に不幸にも流れ弾に当たってしまい、死んでしまった。

しばらくして、戦争は終わった。男が助け出した人物は、戦争終結のカギとなる情報を持っている人物で、男が助けたおかげで戦争が終わったのだった。

そして、戦争を終結させた男のことが話題になり始めた。この男を主人公にした本が爆発的に売れたのだ。そうすると、テレビや新聞も彼のことを賛美して、今や彼は、この国で一番の人気者になったのであった。

雨の音

今日は雨が降っています。

出かけようと思ってたのにな。

まぁしょうがない。

こんな日もあります。


じゃあ本でも読みましょうか。

私は曲を聞きながら本を読むんですよ。

とはいえ、歌が入ってるとそっちに流されてしまうので、自然の音を聞くようにしてるんです。

『波の音』とか『川の音』とか。

今日は何の音にしようかな…。

あ、これにしよう!

『雨の音』

ママのこと好き？

お母さんが娘に聞いた。

「ママのこと好き？」

「ううん、好きじゃないよ」


聞くんじゃなかったかな…と思ったその時、

「好きじゃなくて、大好きなんだよ」

娘は笑顔いっぱいで答えた。

著者プロフィール

ニック

『ほんのちょっとの暇つぶしに』をモットーにnoteにてショートショートや短編小説を投稿中。

趣味はバックギャモン。

愛あるアイロニー

2022年4月15日　初版第1刷発行

著　者　ニック
発行者　瓜谷 綱延
発行所　株式会社文芸社
〒160-0022　東京都新宿区新宿1－10－1
電話　03-5369-3060（代表）
03-5369-2299（販売）

印　刷　株式会社文芸社
製本所　株式会社MOTOMURA

ISBN978-4-286-23495-3